추억이 있어
　　당신 곁에 머물고

추억이 있어
당신 곁에 머물고

김용화 시집

북갤러리

서두에

먼 산 너머 하늘을 올려다보면
지난 일들이 자꾸만 그리워진다.

고향이 외로운 마음을 품듯이
좋은 인연을 가슴에 담아두면
방금 핀 꽃처럼 향기를 내어준다.

잠시 스쳐가는 인연일지라도
기억에 남겨놓으면 영원해진다.

익숙해진 맛 감으로 살아왔다면
좋은 인연들이 더 많았을 텐데...
지난 세월을 헤아려보니 아쉬워진다.

솜털에 쌓인 씨앗이 겨우내
봄을 위해 아픔을 견디어야
비로소 성숙한 새싹을 틔우듯
기쁨과 슬픔이 교차한 만큼
행복을 얻는 문을 열어 왔다.

2015. 8. 3

Contents

1부 발자취

2부 살아온 모습

3부 추억 속으로

4부 사랑하는 이유

1부 발자취

그대 곁에

은은한 달빛을 머금은
남겨진 옛 추억 하나가
슬픈 날에도 기뻐하라 하네!

그대와 처음 마주앉아
별빛 바라보며 한 약속이
가슴에 가득 남아있네!

바라만 보아도 그리워지는
그런 사람으로 남아서
항상 그대의 별이고 싶네!

발자취

나에게 주어진 하루가 조용히 지나갑니다
무엇을 위해 살았는지 헤아려보지만
이곳저곳 분주히 왕래한 발자취만 남았지요

일면식도 없는 사람을 처음 만나도
오랜만이라고 말합니다
만난 지 며칠 안 된 사람을 만나도 그래요
헤어졌다 잠시 만나도 버릇으로 그러나 봐요

해가 지는 노을을 보면 가슴이 벅차오릅니다
저녁에 만날 사람이 없는 것은 나 하나뿐인가요
누군가 만나고 싶은 마음이야
능수버들 가지보다 더 길게 흘러내려 살랑대네요

아린 가슴을 냇물에 씻어 가지런히 다독입니다
내일도 오늘의 반복처럼 살아야 하나
여러 번 되 뇌이다 다시 되돌아서지요

굴레를 벗고

참으로 희한한 일입니다
좀처럼 믿기지 않는 일들이
매일 벌어집니다

나는 누가 속박하지도 않는데
가슴이 두근거리는
답답증에 걸렸나봅니다

그러나 아무도 모릅니다
내가 누구인지조차 모릅니다
하물며 가슴 아픈 일은 더욱 모릅니다

하는 일마다 안 될까 노심초사로
긴장을 하고, 한숨을 쉬면서
돌아가는 시계의 초침만 바라봅니다

나는 굴레를 벗어버리려고
아는 사람들을 모두 기억해봅니다
나타나면 한명씩 쓱싹 지워갑니다

고향 저수지

겨울이 살긋이 다가온다
때운 이가 더 시리고
코 끝 안경이 무거워진다

아침이면 어제의 흔적으로
몸은 초췌해지고
식탁에 앉아 있기도 힘겹다

뛰놀던 지난날이 그리워
어린 시절의 저수지로 돌아가
실잠자리 쫓던 회상을 하면
마음이 어린애마냥 작아진다

집 앞 고향 저수지를
꿈에서 본대로 그리다보면
잠자리는 변함없이 날고 있어도
쫓는 이 없어 한적함만 보인다

아무도 몰라요

언제 가냐고 물어보면
아무도 대답을 안 해요
누구와 가냐고 물어도
아는 이 아무도 없어요

나 혼자 하는 노래는
늘 반주를 따라가지 못해
밋밋한 노래로 끝을 맺어요

시간이 없다고
하소연을 하다말면
어떻게 되나요?

울화가 치밀어
가슴에 쌓인 응어리를
입다물고 품어 보세요
속이 부글거릴 거예요

내가 하고 싶은 것이 무언지
내가 가고 싶은 곳이 어딘지
아무도 몰라요

행복의 조건

실상만 바라보고 왔다면
환상이 뭔지 알게 되어
그간의 행동을 후회하다
부끄러운 생각에 자실한다

흔들리는 갈대를 닮아서야
안 된다는 중압감에
벗어나보려고 하지만
겉모습 또한 언제나
온실 속의 꽃으로 남는다

봄은 바라보는 만큼 다가온다
얼어붙은 뿌리에 싹이 돋고
숨죽이며 모은 열기만큼
새싹에 따스함이 남는다

원망

지는 해가
남기는 노을에
왜,
의미를 부여할까?

마음 아픈 이야기를
노을에 넣어보면
무슨 색이 될까?

마음에 물든 색이
궁금하여
물감을 묻혀보지만
가장자리 밖에
칠하지 못하는 모습에
속상해한다

적금통장

한 푼, 두 푼,
월급을 타 넣어가는
적금통장 속에서
돈세는 놀이에 젖는다

경주마가 뛰어가듯
서두르는 모습으로
쉼 없이 통장 속에
잔돈까지 넣어왔다

만기가 돌아오니
통장 속에 넣어둔
원금과 붙은 이자가
상상 여행을 시켜준다

뻥튀기

통속에 넣으면 두 배
아니, 열 배로 커진다는
뻥튀기는 무얼 넣어도
다 키운다고 마술을 부린다

이른 아침,
은은한 햇살에 취한 채
키워보고 싶은 걸 찾아들고
뻥튀기 앞으로 다가간다

떡을 튀기고 나서
쌀까지 튀겨보니
정말로 몇 배로 키워준다

넣는 대로 다 튀겨진다던
뻥튀기에 꿈을 넣으니
몇 배로 커지기는커녕
이상시리 되레 졸아붙는다

홍사과

덩그러니 남은
홍사과 한 덩이를
멀리서 바라보면
마음의 티까지
녹아 들어간다

장대 끝에 매달린
고추잠자리 몸짓에서
기다림의 여유가 보인다

하얀 들국화처럼
엷은 꽃냄새로
마음을 끌어들이는
홍사과 향기가
오는 가을을 맞는다

꿈

자고 나면 안개처럼
걷히는
꿈,

한 점씩 모아서
낙엽처럼
책갈피에 묻는다

간간한 모습으로
남아있는
절벽 곁뿌리처럼
잔주름에 쌓여있다

아름드리 노송에
붙어사는 겉껍질처럼
세월에 엮인 내력을
모아본다

꿈을 꾸며 기다리는
옹달샘 수면 속으로
집고 있던 추억하나를
어떤 모습인가 넣어본다

바닷소리

해안가 길 위에서
쉼 없이 밀려오는
파도소리를 들으면
잃어버린 기억들이
하나둘 제자리로 온다

바다를 바라보다가
언젠가 이곳에 다시 와
파도를 바라보며
무거운 마음을
내려놔야겠다고
마음을 먹었다

복잡해진 사연들을
겨울바다에 내려놓으면
쏴 – 악 쏵 –
부서지는 파도 위로
그리움이 토해져 정화된다

화병

넘실대는 파도 곁에
연인들이 줄지어 걷는다
억눌러온 감정을 토해내듯,

울고 싶을 때 억지로 참으면
가슴에 응어리가 진다
아낙네들의 화병처럼,

상처는 흉터를 남기듯
과거를 잊으려 해도
나쁜 기억은 상처로 남는다

사과처럼

당신이 그리워지면
빨간 사과 한 덩이를
가슴 속에 넣어 품는다

낙엽 쌓인 길을 걸으면
당신과 함께 한
수많았던 날들이
가슴에 남은 사과처럼
따사롭게 느껴진다

참사랑

너와 닮아
노랗게 물들어가는
이 가을을 못 잊어한다

네가 그리워지면
노란 잎을 골라내어
잊을 수 없는 사연을
촘촘히 새겨 넣는다

너와 닮은 목소리로
참사랑 연가를 부르며
가을로 나들이를 떠난다

빙어

그리워지는 사람들은
늘 멀리 있어 외롭고
아득함만 남긴다

보고 싶은 사람들은
마음속에 있어 기다림에
그리움만 쌓인다

얼어붙은 겨울 호수에
빙어 낚는 사람들처럼
보고 싶고, 생각나는
사람들을 연줄에 엮어
가슴에 묻으며 기다린다

웃음을 잉태한 일상들은
얼음 속 빙어처럼
이리저리 얽혀 인연을 맺는다

친구

누구 얼굴 닮았나?
생각하는 사이에
찔레꽃이 먼저 보고
웃으며 향기를 전한다

엉긴 돌무덤 속에서
모두를 품어 안고
반가운 듯 다가와
환한 얼굴로 맞는다

노란 꽃술이 뿜어낸
들녘을 채우는 향기가
찔레꽃 사연에 담겨서
그리운 마음을 적신다

다시 만나면

헤어지면 잊는다?
모두 그렇게 말하여도
난, 잊을 수가 없네!

어릴 적 추억이 있어
기억에 남는 그대가
난, 보고 싶어지네!

당장 오지 않아도
기다릴 테니
훗날 다시 만나면
행복하게 살았다고
말해주면 좋겠네!

늦은 후회

아침에 지저귀는 새를 보면서
슬프다고 느끼는 사람이 있을까?
솟아오르는 햇살이 빛나 보인다

고기를 먹다가 뼈에 붙은 살점에
더 애착심을 갖는 것은 왜 일까?
상에 떨어진 밥알 같다고 해야 하나

손님이 찾아와 열흘은 묵고나면
친근한 마음이 점점 사라지고
단 하루만 묵고 가겠다고 청하면
섭섭함과 찡한 마음이 생긴다

엄마의 잇몸이 연약해짐을 보면서
설렁탕 한 그릇 사드리지 못함을
남의 집 잔치에 가서 후회를 한다

겨울 낚시터

추위가 코끝을 살긋이 내려쥔다
빙판 위 겨울 낚시터에
눈을 치켜뜨며 낚인 빙어가
가쁜 숨을 몰아쉬며 쳐다본다

속살을 훤히 내 비추는 빙판은
마을 골목길처럼 구멍으로 이어져
무심히 지나가는 물고기를
유인하듯 혼자말로 불러댄다

살얼음을 헤집고 나온
은빛 고운 빙어가 퍼덕거리면
겨울 강가는 환희와 추억으로
서툰 낚시꾼들의 무도장이 된다

하루 종일 앉아서 낚은 빙어가
두어 마리라도 좋은 양
김밥 어묵에 컵라면까지 끓여서
추위를 녹이며 추억을 담는다

고향생각

가슴에 남아있는 고향은
세월에 묻혀 사무침이 되어
떠올리면 마음이 설레인다

어릴 때 살았던 집에서
뛰 노는 꿈을 꾸는 것은
돌아가고픔 때문일까!

달빛에 고향이 그리워지면
은하수가 빛나는 하늘을 보며
어린 시절 추억에 잠긴다

가을에 만나요!

해거름 늦은 가을 공원에서
늦더위와 함께 길을 멈추고
높아가는 하늘을 올려다본다

공허한 10월의 마지막 밤을
사람들은 왜, 못 잊어할까!
떨어지는 단풍에게 물어본다

그리움을 씨앗 속에 묻는다
이별은 낙엽 속에 남겨진다
가을이 밤나무에 매달린다

행복해요!
사랑해요!
10월, 깊어가는 가을에 만나요!

푸대접

외롭다고 한탄을 한들
공허함이 채워집니까?
내재된 원망이 문제죠!

서럽다고 자리 탓 한들
푸대접이 바뀝니까?
무시하는 마음이 문제죠!

옛날엔 더러 개천에서
용 난다고 했잖습니까?
요즘은 왜 용이 안 나오죠!

화가 난다고 하늘 높이
침을 뱉으면 어떻게 됩니까?
내 얼굴만 더러워지죠!

퇴근 무렵 주머니에 손 넣고
문 나설 때 어디에 전화합니까?
핸드폰만 만지작거리죠!

일상의 탈피

상심 그 자체를 나무랄 순 없다
나는 아직도 허상만 보고 산다
환상이 아니라 착각 속에 살고 있다

행복과 불행이 다르다 보아 왔지만
둘은 생각차라는 것을 알았을 때
믿음은 절망하며 가치를 잃어버린다

눈물이 난다 괴로운 생각이 꽉 찬다
앞날에 대한 예민한 생각들이 넘쳐나
알 수 없는 아이 같은 생각만 한다

행인이 쳐다보며 누구와 닮았다고
이름을 물어보는 일이 있을 만큼
개성없는 행동때문에
마음 아픈 일들이 생겨난다

짝 없는 외로움

사색하듯 하루를 살았습니다
조용한 하루가 아니었나 봅니다
실체 없는 대화 상대였나 봅니다

속담에 짚신도 짝 있다고 합니다
허나 요즘 짝 없는 사람 많습니다
짝이란 무엇일까요? 어렵습니다

살다보면 기분 나쁜 때가 있습니다
기억하기조차 싫을 때도 있습니다
생긴 일은 없던 일이 되진 않습니다

하루를 마친 저녁 헤어질 시간입니다
대개 비슷한 사람과 짝을 맺습니다
어, 하다 혼자 남겨지면 외로워집니다

사랑하는 마음

저녁 일과를 마치고
부모님이 잠드신 후
이불속에 온기가 어떤가
살펴본 적이 있나요?

약속 장소에 미리 도착하여
상대와 대화하기 좋은 곳을
살펴 찾아본 적은 있나요?

사랑하는 사람의 마음을
알고 싶어 날 사랑 하는가
보채듯 물어본 적이 있나요?

마음이 요동치듯 흔들리며
불안한 생각에 휩싸일 때
어떤 사람이 먼저 떠오르나요?

연인들처럼

마음이 흐트러지면
가을바람이 밀려온다
사색하는 행동이듯이,

떨어지는 낙엽을 바라보며
멀어진 얼굴을 지워간다
빛바랜 명함을 버리듯이,

오가며 웃는 연인들처럼
새로워지게 여행을 떠난다
바라보는 눈빛에 끌려서,

풍선

정든 마음을 담아서 날리면
훗날 그리움이 되어 돌아와
풍요로운 이야기꽃을 피운다

두근거리는 가슴에 바람이 일듯
마음속에서 삭혀진 아픈 상처는
잊으려한 만큼 멀리 벗어난다

가슴 뭉클한 기억만 모아서
날아가는 풍선 위에 얹으면
날개로 변해 다시 되돌아온다

소망

눈을 맞으면
마음을 다잡고
뭔가를 기다린다

만난 사람에게
건넨 인사만큼
기다림이 커진다

아픔을 감싸주듯
흰 눈 쌓인 길 위에
새 소망을 적어본다

세월

기다려도 다시 보고 싶은
기억하고 싶은 사람들과
어울려 긴 여행을 떠난다

눈을 감아도 되살아나는
철부지 때 소꿉놀이가
마음을 울컥하게 만든다

말없이 흘러가던 구름처럼
물에 비친 모습을 보다가
태연한 척 자리를 둘러본다

청설모

열정이 있는 젊은 날에는
노력하면 다 얻을 것 같아
양보 없이 살아온 듯하다

문득 내가 누군가 싶어
나뭇가지 위를 뛰어다니는
청설모에게 물어보니
빈 잣송이만 던져준다

갓 딴 잣송이를 물고 가는
청설모처럼 내일을 위해
가을바람에 체취를 묻는다

객지에서

왜, 그렇게도 아팠을까?
어렸을 때 객지에서
몸이 아파
혼자 통곡하며
운 적이 많았다

이유 없이 아플 때에는
누구에게 투정을 부리며
아프다고 해야 하는 데
받아주는 이가 없어
꾀병처럼 된 적이 많았다

용기

내 생에 최고로 기쁜 날,
그대와 눈을 마주치며
앞날의 꿈을 말하던 시절

세상사는 맛이 났을 때,
비좁은 집을 고쳐서
두 다리 쭉 펴고 잤던 시절

다시 되돌아가고 싶은 때,
언제든 마음먹은 대로
살 수 있다고 믿었던 시절

새해 소원

선물의 포장지를 풀 때
뭔가 하는 마음이 일듯
기대감으로 새해를 맞는다

꽃의 향기를 맡으면
기분이 차분해지듯
새로운 날을 맞는다

새해의 첫 문이 열리면
새로 짠 복주머니에
꿈과 소원을 담아건다

커피숍

음악이 흐르는
커피숍에 앉아서
노트북을 켜고
메시지를 보낸다

확연히 다른
차와 커피 맛,
둘 다 돈을 내면
여유로움을 내어준다

커피숍 구석에 앉아
뭔가 미진한 것 같아
커피 잔을 꼭 쥐고서
스팸 메일까지 뒤진다

능소화

힘들 때 떠오르는 이름은
마음속에 오래 남아
한없는 외로움을 달래준다

기뻐서 흘리는 눈물은
힘겨운 시절의 아픈 기억이
구름처럼 솟아나기 때문이다

담장 안에 피어난 능소화는
보고 싶단 말도 못하고
스쳐가는 바람소리만 듣는다

소쩍새

어둠이 내리면
소쩍새 우는 소리가
적막감을 머금고
유리벽을 감싼다

어둠 속에서
삼라만상을 한
소쩍새의 울음이
촉수에 닿을 듯
전율로 다가온다

어둠이 가시면
반쪽만 닫힌 눈동자에
비춰진 모양대로
참모습이 남겨진다

모정

어려서 "엄마 ?" 하면
"배고프지?" 라는 말로
대화를 나눈 적이 많다

희끗희끗한 분가루가
봄볕에 얼룩여도
늘 속내를 감추며
기쁜 듯 웃어보였다

주름살이 깊어지기 전에
기억이 하나 더 늘도록
"나, 배고파!" 하고
응석을 부려봐야겠다

2부 살아온 모습

바람개비

소리 없는 몸동작
혼자 노는 아이 곁에 세워진
바람개비만 쉼 없이 돌아간다

비스듬히 열어놓은
창문에 기대어
지나는 발걸음을
헤어보는 마음이야...

낯선 얼굴처럼
가슴 설레던 어린 시절이
되돌아와 발자국에 묻힌다

바람 잦아든 늦은 오후
긴 한숨소리에 놀란
바람개비가 힘겹게 돌아간다

시간에 묻고

고운 빛 어디 두고
슬픈 빛만 모았나!
열어보니 가득한 흰빛뿐..

돌아가는 길에
어제 일을 생각하니
아득한 천길 산 아래
낯익은 풍경들..

울음소리에 허겁지겁
하늘을 보니
모두가
슬픈 빛만 바라본
성급한 하루살이의 몸부림..

어제 일은 접어두고
흰빛 속에 비친
모습을 지우려
튀어나가는 물방울에
발을 먼저 넣는다

두 얼굴

막차 오기를 기다리다
주머니 속을 뒤져보면
만져지는 동전 한 닢이
왠지 큰돈처럼 느껴진다

어려서 다투고 나면
곧장 화해하고 웃었는데
나이 들어 화가 나면
화해는커녕 미움만 쌓는다

친구와 잔돈 털기를 하다가
빈다했던 주머니에서
쪼그라든 지폐가 나왔을 때
변명 못한 이유가 궁금하다

배낭을 메고

오이 두 개를 넣은
배낭을 메고
높은 산자락에서
벽과 벽이 맞닿은
도시의 풍경을 보며
기억 속에 아물거리는
옛날의 모습을 그린다

어느 길을 걸어왔나
켜켜이 헤어보지만
시선은 네거리에 맞닿아
아쉬운 듯 되돌아온다

솔잎 향기를 머금은
작은 새 한 쌍을 보다가
돌계단을 내려오면
오이 넣었던 배낭에
타올랐던 욕망이
힘을 빼느라 소리를 낸다

살아가는 모습

마음이 불안하면 새벽에 노래를 부른다
먼동이 트기 전이라 미친놈이라 했겠지요
누구에게 하고픈 말을 생각해놨지만
정작 한 말은 절반도 못하고 맙니다

양복을 처음 샀을 때 먼지만 묻어도
쏠싹쏠싹 털어내던 마음은 어디가고
반점이 손바닥 만해져도 나 몰라라 하다
아침이 되면 여느 직장인처럼 나섭니다

해가 뜨겁게 내려쬐면 햇빛이 싫어지다가
몇 일간 비만 내리면 햇빛을 그리워합니다
마음이 상스러워 변죽이 심할까요?
왜 그런지 스스로 원망할 때도 많지요

밥상에 앉으면 무얼 먹을까 고민합니다
제일 맛없는 것부터 골라먹으면
용기 없는 성격이라 말하겠지만
오히려 기대감이 있으면 즐거워집니다

여름날 오후

덥다고 얇은 이불을 걷어낸다
차가운 방바닥에 머리를 눕힌다
이러다 입 돌아가면 어쩌나 한숨,

숨 막히는 무더위에 찬물을 들이킨다
말없이 돌아가는 선풍기를 틀어댄다
그러다 얼굴 부으면 어쩌나 걱정,

아이들은 더워서 찬 얼음을 먹는다
아이스크림을 한통씩이나 먹어치운다
저러다 배탈 나면 어쩌나 근심,

낮잠 들 찰나에 차가 경적을 울린다
매미가 베란다에서 고성방가를 부른다
물이라도 뿌려대고 싶은 속마음,

옆으로 사람이 다가오면 더 더워진다
가물가물 말소리마저 멀게 들린다
여름날 낮 잠든 오후는 이래저래 짜증,

충무로 골목길

거닐었던 도심 거리에
남은 옛 기억들이 쌓여
강렬한 전등 빛을 밝힌다

노을 진 하늘에
닫힌 마음을 담아
종이배에 띄워 보내면
포도송이 속살 마냥
그리움으로 남는다

길을 걷다가 만났던
그 옛날 사람들이
막 피어난 꽃처럼
보고 싶어져 걷는다

실망 때문에

계절을 잊은 채
무더운 여름날에도
나는 차가움을 느낀다

보여주지 않은 속내
각질처럼 굳어진 기억은
아픔을 골라내어 낚고 있다

서걱서걱 노기가 서릿발처럼
땅 끝으로 곤두서면
선한 마음도 거칠어진다

기도하는 마음으로
비난을 거두어 사랑을 할 때
비로소 아침의 태양을 맞는다

보이지 않아도 어루만지며
차가운 마음이 따사해지도록
식은 가마솥에 불을 지핀다

삶의 지혜

술 마신 후 꿀맛인 양
즐거워하는 표정으로
찡그린 얼굴을 다독인다

쓴 소리를 들어도
즐거운 듯 웃는 표정은
속감정이 없어서일까?

삶의 지혜로 다스려지는
내색 없는 얼굴 표정이
바닷가 모래알처럼 쌓이다
밀려오는 파도에 되 쓸려간다

사과 냄새

거리에 연인들이 늘어나면
가을은 색색 깔로 물든다
짝 없는 남녀들은 서글픔을
모아 낙엽 속에 묻어둔다

나뭇가지 위에 걸린 하늘은
현란한 색상으로 채워져서
낙엽을 잉태한 듯 보여준다

원하는 사람에게 쓴 편지에
가을을 물들인 사과 냄새를
주섬주섬 담아 넣어 보낸다

포차의 추억

밤이면 살아나는 골목길
어우러지는 불빛을 타고
뿌연 한 포차 속에서
시끌벅적 대화가 오간다

무용담이 침묵을 깨우면
점포 입구 안쪽에
쪼그리고 앉은 아줌마는
어스레한 포차 틈새로
마신 술잔 수를 헤아린다

골목을 달구는 열기만큼
빨리 돌아가는 술잔
늘어나 줄서는 빈 병들
점포를 나선 포차 밖 의자가
어느새 길가까지 밀려나가
취기 오른 행인을 앉힌다

타령 백 번

한숨에 실려서
잊어지는 미움들
참선 없이도
뇌까릴 수 있는 타령

좋아서
죽을 것 같아,
힘들어서
죽을 것 같아,

죽을 둥 하며 사는가?
사는 둥 하다 죽는가?
죽겠어 타령,
정말 몰라서 죽겠다

암자에 들어 참선할 때에도
앉아있기 힘들어
죽겠다고 몇 번 되 뇌였을까?

강남대로

해지면 언성을 높여가며
남녀가 껴안고 걷는 만큼
진한 향수가 도심을 덮는다

랩 가사를 귀에 대고
전철 바닥이 흔들리도록
덥수룩한 머리를 흔들어
유행을 근심 걱정한다

울먹이는 상심한 사람에게
책갈피의 낙엽을 보이며
이별이 아닌 만남이라고
노랫말로 속삭인다

잠자리가 고통을 참으며
탈피에 몰입할 때처럼
연인들은 새로운 내일이
그리운 듯 급히 걷는다

추적자

타다만 신문지 한 구석에
오사마 빈 라덴의 사진과
궁금한 9.11 이후 행적들,

거칠어지는 세평
혼자라는 인식
항변 없는 메아리...

지하와 하늘을 헤집으며
잡는 자와 쫓기는 자의
갈등에 왜, 관심이 쏠릴까?

화재나 방화의 차이처럼
힘겹게 겨울을 나는 이웃에게
무뎌진 귀와 눈동자가
모든 것을 잊어라 전한다

낙엽소리

규격 없는 인생 조각을
단풍나무에 걸어놓으면
시름했던 시간만큼
나뭇잎과 어울려 물든다

빨강 노랑 낙엽에
써넣은 소원 위에
가을은 어린애처럼
보이는 대로 색을 입힌다

살다가 마주친 사람들과
가슴 뭉클했던 정담들이
한줌 기억으로 남아서
낙엽 속을 채워나간다

매미 껍질

울음소리를 빼먹은 매미 껍질이
가랑가랑 흔들리는 나무 가지에
달라붙어 안간힘을 쓰고 있다

숨도 쉬지 않는 매미 껍질은
지나가는 물총새라도 삼킬 양
눈을 흘겨가며 되쏘아본다

고성을 내느라 성대가 찢겨
지난 밤 만나 속살거릴 때에도
헛기침만 하는 아픔을 맛보았다

흔적처럼 남아 있는 겉껍질은
벗어버린 것이 부끄러운 양
다리가 굽어지도록 움추린다

바쁜 하루

솜털처럼 부드러운 이블 속
오물오물 방실거리는
아이의 손가락을 헤며
잠든 모습 바라보는 엄마는
오늘도 하루해가 짧다

눈빛이 마주칠 때마다
까르르 웃는 얼굴 보며
흡족해 하던 엄마가
손에 쥔 젖병을
찾는 제 모습에 놀라
한스럽게 거울을 들여다본다

아침에 돌린 세탁기에
목욕을 마친 빨래가
애타게 기다리는 줄도 모르고
장바구니를 집어 들고
근심 없는 얼굴로 문을 나선다

민들레

겉껍질을 벗어버리고
주변을 둘러보는 꽃망울은
자태마저 황홀감을 더해준다

눈 끝에 만져지는 하얀 속살
날아갈 듯 가벼운 차림을 하고
그림동화 속으로 들어가
아기 눈동자 닮고서 웃는다

인기척 없는 산자락에
따사롭게 피어나는 꽃망울이
무지갯빛 아지랑이 속으로
숨바꼭질하듯 자취를 감춘다

콩자반놀이

할아버지 지팡이 보다
긴 젓가락을 들고
뒤적뒤적 콩자반을 집는다

쭈글쭈글해진 콩이
혀끝에 닿는 느낌은
달고 진하지 않아서
자꾸만 입맛을 끌어당긴다

숟가락은 놓아두고
손가락에 낀 젓가락이
부딪침 없이 오가면
식탁의 하루가 시작한다

오순도순 접시에 담아
하나마다 의미를 부여하고
토닥이듯 집어 삼키는
콩자반 놀이를 즐거워한다

4강행 공놀이

5대양 6대주 사람들이
잔디밭에 모여앉아
지구를 색깔대로 갈라서
넋이 빠지도록
공놀이에 몰입한다

차고, 뛰고, 빠질 때마다
곁에 붙은 붉은 악마들이
함성을 질러대며
뛰는 공을 따라 다닌다

아, 대-한민국,
짝짝짝, 짝짝...
헛발질, 한숨, 탄식
그래도
아, 대-한민국,
붉은 악마들의 함성

아, 대-한민국
짝짝짝, 짝짝...
머리로 박아 넣은 골이
4강행 티켓,
대한민국을 먹고 자란다

질주

불나비를 닮았나
무진장한 속도로
질주하는
쾌속 오토바이,
빠라 빠라 밤..

남자 머리핀 장식에
가는 머플러,
남자 귀걸이마저
그들에겐 유행이 된다

잠자리채 들고
사냥하는 경찰차
잡으랴, 달아나는
숨바꼭질,

용기를 불똥에 매단
빠라 빠라 밤 친구,
순서대로 짝을 지어
밤이 깊어지면 내달린다

비보(悲報)

결빙을 푼 시냇물에
해묵은 낙엽이
뒤뚱뒤뚱 떠밀려간다

이름도 모를 만큼
빛과 형채가 바랜 터라
누가 보아도 저게
오색 빛 낙엽이었나
의문을 가지게 된다

가까이 올수록 짙어지는
숭숭 얼굴에 난 숨구멍과
찢겨진 상처자국이
시냇물 굽이만큼이나
무거운 느낌을 준다

어제 날아온
초등학교 동창이
암(癌)으로 세상을 떠났다는
비보를 담은 메모지와
너무나 닮았다

이국 아줌마

나와 눈매가 비슷한
말투가 다른 아줌마와
식당에서 자주 마주친다

한 때 같은 이웃에서
살았을 것 같은
얼굴 인상 때문에
이웃처럼 보여진다

늦은 저녁 식당에서
마주친 아줌마가
한국에서 지금과 같이
살고 싶다는 말을 듣고
이국 아줌마인 줄 알았다

술자리

술이 덜 깬 아침에 후회를 한다
알코올 중독 걱정이 아니다
쓰라린 속이야 얼큰한
콩나물국으로 다스린다지만
밤늦도록 지껄여댄 말 때문이다

술 권하는 소리가 격해지고
상다리에 숨은 술잔이 늘어나면
취기가 오른 만큼 참았던 불만이
스스럼없이 술판위로 튀어나온다

회포를 풀며 화해하자던 자리가
거침없는 섭섭함의 성토장이 되어
가슴속에 겹 박혔던 증오심을
취기에 섞어 마구 쏟아낸다

인간성을 거론하며 마시다 보면
폭탄주가 돌아오는 회수에 따라
후회할 일을 하나씩 늘려나간다

불통(不通)

표현하는데 문제가 있었나
찜찜함을 설명하려 해도
왜, 이리 이해를 못하나?

더도 말고 그저 한마디만
이해해줬어도 좋았을 텐데,
해명하면 알줄 알았는데
다음날 말을 하다 보면
얼토당토않은 엉뚱한 소리뿐,

입보다 마음이 고달파지고
여린 마음이 거칠어지니
내가 무엇을 바라고
해명한 것은 아니지만
교감이 되지 않아 못내 아쉽다

상처

용기 있던 시절이 멀어져만 갑니다
이웃 막다른 골목에서 만날 것을
큰길만 따라다니다 보니
쉼 없이 앞만 보고 걸었나봅니다

텅 빈 옛집에 앉아 있는
허리 휜 노인처럼
나눌 것도 없는 짐을
이제껏 지고 왔나 봅니다

어슬렁어슬렁 눈치만 살피는
윤기 잃은 이웃집 개도
찾아온 노인의 마음을 아는 양
더 짖지 않고 자리를 비켜줍니다

마음에 상처는 검은 반점으로 남아
넘쳐나던 기대감을 대신하여
굳은살이 되어 몸에 붙어있습니다
떠나야한다는 사실을 알았나 봅니다

전철 3호선

한강 다리 빨간 3호선 전철 안
오후로 접어드는 시간대라
서 있는 승객들은 불안하고
더 졸린 듯 힘에 겨워 보인다

비좁은 통로를 헤집으며
괴성을 질러대는 걸인이
쉼 없이 노래를 부른다

"짜증은 내어서 무엇 하나!"
"돈은 모아서 무엇 하나!"
"나처럼 먹고살면 그만이지!~"
"노세 노세 젊어서 놀아!!"
"얼~ 씨~ 구, 절~ 씨~ 구, 차차차!~"

반복되는 노래 소리가
덜커덩 파열음에 묻혀
슬픈 가락으로 가슴에 남는다
다음 칸 사람들도 그러했을까?

평양에서

따사로운 햇빛은
남북 경계 구분 없이
고르게 내려쬐고 있다

을밀대, 만경대
보통강, 대동강
그리운 탓에
자리를 잡고 반긴다

옥류관에 늘어선
평양냉면집의 행렬
곁에서 본 듯한 풍경이다

웃는 모습이 닮은
도심의 행인들은
저마다 말하고 싶은 듯
다가오려 하지만
눈치가 낯설어 되돌아선다

우리는 하나,
우리는 하나의 겨레
가슴 뭉클한 노랫말이
대동강으로 무심히 흐른다

나팔꽃

꽃을 찾는 나비가
이리저리 날다가
길가에 갓 피어난
나팔꽃에 앉는다

흘러간 노래를 들려주는
유성기의 재생 음처럼
추억 속에 묻혀서
고향집 담벼락을 타고
걸어온 과거에 묻힌다

나팔꽃은 속내를 감추고
가만히 잎 뒤에 숨어서
누가 다가오나 바라보다가
수줍어 향기까지 덮는다

너도 한번

다툼이 마음에 걸린다
말 못하는 입장이라
더욱 가슴이 저민다

자꾸만 해야 할 일이
많아져 간다는 것이
왜, 죄가 되나..

잘한 일이 죄가 된다면
잘못한 일은 어찌되나
욱한 감정만 쌓여간다

거울에 비춰지는
일그러진 얼굴을 감추려
흥얼대며 노래를 부른다

발리섬

신전 속에 머무는 발리섬
풍요를 끌어들이는 태양
야자 잎 제물로 하루를 연다

하얀 속살처럼 넘실대는
해안 가 파도에 매료된
천태만상 사람들이 불러대는
원더플, 나이스

호텔 앞 수영장에
벌겋게 드리운 몸들은
마치 신을 향해
올려놓은 제물만 같다

가무잡잡한 피부색을 한
발리섬 사람들이
안녕 하슈, 싸요를 외쳐대면
자연의 순수함이 내려앉는다

신이 쉬는 발리섬을
인간이 휴식하는 발리섬으로
오인하게 하는 이국인들이
발리섬에서 신을 노하게 한다

무반응

중강아지가 가다말고
산책 나온 큰개를
목에 힘을 주고 노려본다

큰개의 위풍에 놀라
작은 제 모습을 감추려고
귀까지 세워가며 짖어댄다

송곳니를 드러내고 쏘아보지만
큰 개는 미동도 없이
살랑살랑 꼬리만 흔들고 지나간다

선배와 후배

날개 잃은 새가
하늘을 보며 하는 말,
왜 이리 높을까!

쓴 원고를 잃은 작가가
새 원고지를 보며 하는 말,
빈 칸 뿐이네!

앞만 보는 사람들은
시간이 흘러도
제 나이를 모르나?

고희를 넘긴 선배는
언제나 50대 후배를 만나면
한, 삼십 넘었나?

머리칼을 뒤로 쓰다듬던 후배가
계면쩍게 하는 말,
같은 질문 20년째입니다!

다리품

농촌과 어촌이 공존하는 시장
할머니와 할아버지가
나란히 앉아 가판에 올려놓은
고등어, 삼치, 명태, 가자미, 청어, 병어, 오징어, 굴
새우, 조개, 낙지, 갈치, 꽁치, 넙치, 우럭, 한치, 대구
도미, 민어, 장어, 조기, 노가리를 사라고 잡는다

어제와 오늘이 만나는 시장
아저씨와 아줌마가
지나가는 사람들을 바라보며
배추, 무우, 열무, 상추, 미나리, 쑥갓, 마늘
양파, 피망, 파푸리카, 당근, 무우, 파슬리
샐러리, 귤, 수박, 참외를 사라고 소리친다

이야기와 손짓이 만나서 꿈을 이루는 시장
점원과 가게 주인이
콩나물, 숙주나물, 두부, 미역, 다시마, 김, 연근, 고추
감자, 고구마, 오이, 가지, 호박, 쌀, 콩, 보리, 밀가루
땅콩, 포도, 호두, 사과, 배, 감, 토마토, 옥수수, 버섯
딸기, 배, 복숭아, 매실, 메론을 사라고 다그친다

늘, 장바구니에 덩그러니 파 한 단만 넣은 채
파장을 기다리며 돌고 돌면서 다리품만 판다

기대감

바지 주머니에 손을 넣고
힘없이 걸어가는 사람들
기대감이 빗나간 표정들이다

일과를 마치고 거리를 나서는
사람들은 빈 봉지처럼 가벼워진
지갑을 만지며 갈 곳을 찾는다

일과를 담아내는 도심의 야경
분주한 만큼 강한 빛을 내며
낯선 사람에게도 손짓을 한다

여운

지나치다 눈이 마주치면
수줍은 듯 맑은 미소로
환한 미소를 지어 보인다

허리춤에서 차오르는
아름다운 선율은
달빛 따라 움직이는
승무의 손놀림처럼
절제된 여운을 남긴다

지난 아픔은 잊었다 해도
마음은 소반 채에 담겨
맺은 인연을 겹겹이 묶는다

보고 싶어라
천만 번을 보듬어도
지울 수 없는
구김 없는 속마음은
응원 열기처럼 더워진다

당신의 마음처럼

깊은 밤에 침묵이 길어지면
외로운 만큼 체온이 낮아져
세월이 남긴 의미를 찾는다

정박한 크루즈에 연락선이 다가가
밤새 이는 파도소리를 옮겨주듯이
발아래 가는 모래가 빠그득 거린다

생각이 많아 지친 눈을 비비며
잊었던 아이들 놀이터에 가면
그네는 낮고, 미끄럼틀은 좁다
동심이 흘러간 자국만큼,

나비가 살며시 잠자리를 부른다
나뭇가지보다 예쁜 꽃에 앉아서
꿀맛처럼 살아보라고 권한다

출근 인파 속에서

복잡하고 심기가 불편해지는 한나절
화사했던 아침 햇살이 거치고 나니
검은 구름 띠가 몰려와 비를 뿌린다

전철역에서 토해내는 출근 인파는
밀어내듯 새로운 힘을 만들어내며
어제 본 얼굴도 새롭게 만든다

거리에 자리를 잡은 요구르트 아줌마
야채를 부지런히 넣는 토스트 아줌마
손잡이를 빙빙 돌려대는 어묵 아줌마
매일 봐도 새로운 친구처럼 보인다

지금까지 내가 누구인가 알아보려고
무던 애를 썼지만 오늘부터 나는
내가 누구이든, 무엇이든
관계없이 살아가려고 마음먹으니
아침에 보이는 간판들이 새로워진다

부엉이 바위

노란리본을 맨 슬퍼하는 사람들이
조용히 서울로 모여든다
세계의 눈동자가 모여든다

경복궁 앞에서 운집한 사람들이
눈물을 흘린다
미안해요 지켜주지 못해서...
할 말이 없다

가로수 길을 따라가며
울고 통곡하며
서러워하는 행렬이 늘어난다

서울광장에 모인 사람들이
부르는 노래에 맞춰
눈물을 흘린다
제 일처럼 슬퍼하며 노래한다

연기처럼 사라져가는 증오감
길을 떠나는 장면을 바라보며
안타까워 따라가 본다

논현동 작은 골목

해가 기울면 생각나는 사람끼리
거리를 메우고 소리 높여 대화하며
술이랑 밥이랑 먹으며 논다

구석 자리에 앉자마자 일과처럼
맥주에 소주 한잔을 채운 폭탄주로
어울린 사람들과 아리아리를 외친다

어둠과 연기가 뒤섞이는 신사동
열정이 느껴지는 정겨운 골목에서
향수에 젖어 가로수 길을 거닌다

머리를 늘어뜨린 남자와
가슴을 풀어 제친 여자들이
별나라 커피매장에 앉아 담배를 피운다

낭만과 추억을 나눠먹은 사람들이
가물가물 한 눈까풀을 치켜세우고
전봇대에 기대어 먼저 간 친구를 부른다

무관심

불어오는 봄바람을 타고
거리로 나온 사람들이
서로 바라보며 확인한다

가까이 하고 싶은 마음에
날이 저물 때까지
연락 없이도 기다린다

만나는 사람들과
늘 반가운 듯
인사를 나누어도
정작 만나자는 말은
하지 못하고 헤어진다

우린 이제

정상에 올라 바라보면
그간 살아온 이야기들이
세월에 엮여진 순서대로
조각품처럼 각기 다른
모습을 하고 나타난다

오십 고개를 넘기까지
외로울 때 함께 걸어온
친구가 두엇 있으니
그나마도 다행 아닌가!

흰머리가 느는 친구들과
올라왔던 산을 내려가면
애틋한 추억을 안주 삼아
막걸리 잔을 돌려가며
못 다한 이야기꽃을 피운다

자숙

집채보다 큰 원망을
놓지 못해 가슴에 묻고
혼자 남아 애처로워한다

한 모금 물을 마시며
애절하게 남은 원망들을
과거를 돌려 지우려 해도
각인이 깊어 헛손질만 한다

조용한 연못 가장자리에서
가벼워지는 햇살 속으로
남은 원망을 던져 넣는다

불꽃

속마음이 불에 탄다
억누르면 더 타오른다

속까지 타들어가도록
바라보고 있다가
겉마음도 태워본다

불붙은 속마음에
욕망을 담아 함께 태운다

단짝

초등학교 동창을 보면
이름이 가물거린다
너무 오랜만에 만나서
그런가싶기도 하다

만나도 인사말 이외는
별로 할 말이 없다
어릴 적 재잘거리던
생각만 분주히 떠오른다

투정을 곧잘 들어주던
단짝 이름마저 어른거리면
그 시절이 있었나 싶어진다

망년회

분주한 생각을 하다가
잎 진 가지를 바라보며
한해가 갔음을 실감한다

풋풋한 삶의 순간들이
마음에 남은 만큼
간절함도 강해진다

시작과 끝이 있어 아쉬운
망년회에 쌓인 대화들이
조급함 대신 밝은 빛을 낸다

은화삼 나들이

나비처럼 사뿐거리는
캐디와 쉴 새 없이
공을 쫓으며 걷는다

정지된 시선과 호흡이
비행하는 골프공에 실려
허공을 가르며 날아난다

넓은 산과 계곡 사이에
마음과 마음을 이어주는
작은 공에 마음을 잃는다

늘 굿 샷이 아니어도
신발에 감기는 잔디감촉이
다시 찾는 핑계를 내어준다

3부 추억 속으로

거울 속

거울속이 흐려지면
고운 얼굴이 변하여
슬픈 얼굴로 돌아간다

정거장에서 마주친
밉던 사람처럼
잊혀 져가는 하루가
저어새의 몸짓만큼
더없이 바빠 보인다

오래 보고 싶은 얼굴을
하나하나 골라 내어
과일 속에
풋풋한 채로 심어둔다

시달림

더위와 싸우고,
추위에 지치도록
일과 씨름하다 보니
언제부터인가
사람과 싸우는 일이
더 어렵게 느껴진다

만나면 친한 척하고
친한 줄 알고 받아넘기면
눈초리가 길어지는
모습에 놀라
상심하여 속병을 앓는다

지나다 옷깃만 스쳐도
인연이라 믿었던 시절이
자꾸만 눈에 밟힌다

공짜상품

샘나 집어본 공짜상품들
마땅히 쓸 곳은 없어도
손에 넘치도록 담아
바구니에 챙겨 넣는다

두툼한 포장을 찢고
알맹이를 들여다보고는
가져갈까 말까 망설이다가
공짜라 다 집어넣는다

실랑이만 하던 하루가
짧게만 느껴지다가
해질 무렵이 되면
무엇을 했나 싶어
공짜 상품만 만지작거린다

석양빛

석양빛에 구름이 물든다
받쳐 든 양산이 접히면
모양 없는 얼굴들이
왜, 그리 좋은 표정일까?

삼복 중 중복 때
쥐치포가 익는 모습처럼
알몸이 비틀리다 꼬아지듯
바라보는 눈빛이 바쁘다

비좁은 약속 장소가
광장보다 넓어 보여도
몇 마디 못 넘기는 대화는
여닫는 문 앞을 서성인다

물결에 손끝만 닿아도
움츠리는 마음은 어느새
그대 편을 향하여 선 채
떠나기 아쉬워 바라본다

고향집

타향에서 정이 쌓인들
풋풋한 내 고향만 할까?
지나온 세월이 그리워진다

타향이 고향이 되도록
마음을 다잡아 본들
살다온 고향만 할까?

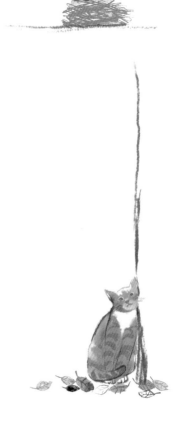

밋밋한 산과 들판
남다름은 없다지만
세월이 흐를수록
더 보고 싶어지는
그 옛날 고향집 뒤뜰,

타향에서 촘촘히 박힌
옥수수를 먹어도
초가지붕 아래서 먹었던
옛날 맛보다 밍밍한 것은
고향이 그리워서일까?

방패연

기대감이 부풀어 오르면
긴 끈에 묶인 줄도 모르고
날아오른 방패연이
흔들림속에 곡예를 한다

속살 드러내 웃고 있는
한지에 그려진 입과 눈이
竹대에 붙어 비행을 한다

손에 쥔 힘이 느슨해져야
반원을 그리던 방패연이
훨훨 날며 여행을 시작한다

산속 풍경

낮은 산허리를 감싼
그림자가 드리우면
가을은 멀어져가고
풀벌레 우는 소리가
침묵 속에 묻혀간다

가을걷이 이슬방울에
대롱대롱 매달린
사마귀의 눈빛이
사무치도록 날카롭다

가을이 가는 만큼
보고 싶어지는 얼굴은
초조함을 벗지 못해
애달음만 키워간다

바닷가 풍랑

바닷가에 먼동이 터오면
새로운 발자국에
새해 소원을 실어 보내고
조개껍질 속에 묻어둔다

은색 파문에 가린 고깃배
강한 조명등 불빛을 타고
흩어지는 엔진 소리는
부셔질 듯 사방으로 퍼져서
뱃전을 때리는 풍랑을 만든다

노랫말처럼 살다가
전설 속으로 묻혀갈
구르는 모래알처럼
못잊을 약속을
게 구멍 속에 넣어두고
그대로 남아 있어라 해본다

월악산 영봉

떨쳐나기 힘든 궤도
무대 밖 집을 뛰쳐나와
월악산 영봉 앞에 선다

산입 돌벽에 새겨진
정상 안내판에
위대함과 신성함이 스며
교만한 몸짓을
움츠리게 한다

두어 걸음 숨소리마다
떨어지는 오만과 허영은
맹물처럼 흘러나와
떨어지는 낙엽 속에 숨는다

정상을 향하여 불타오르는
당단풍 나뭇잎 색의 자태에
왜소해지는 몸이 감싸이고
드러내 보이는 영봉 밑으로
펼쳐지는 아랫마을 풍경들이
감당하기 어렵게 밀려온다

엿장수

절그렁, 절그렁
가슴을 울리는
가위질 소리를 들으면
처마 밑 아이로 돌아간다

코흘리개
어린 시절에 먹어 본
이빨에 딱 붙는 찐득한 맛
겨울 조청처럼 굳는다

엿 바꾸어 먹었던
신발
주전자
냄비들이 돌아와
낯익은 듯 부른다

절그렁, 절그렁
느린 가위질 소리는
마음을 두근거리게 한다

청둥오리

줄 것도 없고
받을 것도 없다는 것을
깨달았을 때
흘러간 시간이 아쉬워진다

지나가는 바람은
여린 갈대 잎이라도
흔들어 보는
애착심이라도 있다

유리창 안에 외롭게 서있는
청둥오리 박제 한 쌍이
팔월 하늘에 걸려있는
장마구름을 바라보는 시선은
왠지 그리움처럼 보인다

소나기와 함께 스쳐 가는
들녘 잠자리 떼가
깊은 시름을 거두어
하늘 높이 날아간다

잠자리

잠자리는 몇 번이고
물가 가장자리
그루터기에 앉으려고
애만 씁니다

버드나무 가지에
앉으면 될 걸
입 큰 개구리가
노려보는 그루터기
그 자리만 앉으려는
이유가 궁금해집니다

조용한 수면 위에
비춰지는 제 모습을 보며
몸단장을 하고 싶어
조그만 그루터기에
앉으려 애를 쓰나 봅니다

수묵화

산자락 끝 절경 같은
동양화를 걸어놓고
조용히 다가가서
주인공을 불러낸다

높은 산 자태에 취한
가을 새 한 마리가
산 아래 마을을 에워싼
안개에 숨어 지저귄다

낙엽이 물든 첩첩 산에
그 옛날 반가운 손님이
초가집 우물가를 찾아와
물을 마시고 돌아선다

술 취한 날

어지러이 잠에 빠져드는
술 취한 한밤중
생각조차 어리다

마시고 부은 술잔만큼
깊은 회한이
교차하지만
끝내 술에 의지하려는
어리석음 때문에
누워서 반성을 한다

사는 것조차
사치라 했던
염세적인 지인들의
외침이 비틀거리다
다리 사이로 맴돈다

아침이 되면 평온하게
한숨과 두통에서 시달린
근심을 털어내려고
자꾸만 거울을 바라본다

일신(日新)

후회해도 자책해도
남는 것은 상처 뿐
날 밝기만 기다린다

해가 지고 어둠이 밀려올 때
심상찮은 공포감이
깊은 상처 자국을 들추어낸다

오늘까지 했던 일들은
내 곁에서 멀어져가고
내일이라는 새로움에 젖어든다

반복적으로 가슴이 두근거리는
치유되기 어려운 상흔은
삶의 역정을 정으로 엮어낸다

상처와 치유

잃어버린 시간을 꿰매고 있는
허름한 실내 책상 앞에서
옷감 사이로 과거를 넣어본다

심하게 변색된 옷들이
어울리지 않는 모습으로
과거를 비춰주고 있다

세월이 흘러 믿음이 깨질 때
잃어버리는 안타까움에
마음 깊이 상처만 남긴다

이제 어떻게 대면을 해야 하나
엉망이 된 생각을 감추려고
유리창을 옷감으로 가려본다

착각

말 그대로 쉬운 일은 없다
쉽게 얻어지는 결과란 더욱 없다
작은 일이라 할지라도 어렵다

믿었던 사람에게 실망을 한다
물론 손해를 봤기 때문은 아니다
보면 실익을 먼저 따지기 때문이다

상처 입은 살갗은 아프게 마련이다
마음에 입은 상처는 모습이 없다
흔적이 없어 보여 마음은 더 아프다

가을이 가고 겨울이 온다
가슴이 찡하도록 어제가 그립다
가는 세월에 착각의 소리를 넣는다

소원 비는 소리

깊은 계곡으로 올라가
선한 표정의 코 없는 돌부처에
축복을 달라 기원을 한다

마음은 무겁고 가슴도 벌떡인다
지나온 날들이 하나같이
아쉬움의 빛깔을 띠고 있다

오늘도 지는 낙엽을 밟으며
한해가 간 까닭을 헤아리면서
힘겹게 살아가는 굴레를
어떻게 벗어날까 되뇌어본다

메마른 낙엽 구르는 소리와
소원 비는 소리가 겹쳐져서
산속 계곡은 스산스러워진다

돋보기

어릴 때
햇빛을 모으다
검은 바지를 태웠던
돋보기가
마냥 신기해 보였다

가물가물한 표정으로
바늘귀를 키워보려고
등잔불 속으로 들이민
할머니 코끝 돋보기가
신기해 보였다

비오는 날 마루에 걸터앉아
주섬주섬 가는 글자를
읽으려 집어든 먼지 낀
아버지의 돋보기가
왠지 안쓰러워 보였다

어느 날
눈앞에서 멀어져가는
글자를 잡으려고
얇은 돋보기를 들어
눈 앞을 가린다

붕어와 올챙이

하루 중 정오가 됐을 무렵
시골 저수지 근처 논 물꼬에서
토종 붕어와 올챙이가
모습을 드러내며 입놀림을 한다

열기가 올라가는 한 낮
물이 하늘로 증발할 때마다
좁은 공간에서 분탕질을 한다

넓은 저수지를 올려다보며
토종 붕어와 올챙이가
좁아지는 물꼬에서
생사를 가르는 다툼을 한다

미꾸라지는 거품을 물고
진흙 한가운데를 뚫어
웅크릴 공간을 만들어서
위기를 탈출하지만
토종 붕어는 옆으로 누워
배 큰 올챙이만 밀쳐댄다

가을 밤 해안가

해안 등대 너머로 가을이 밀려온다
넘실대는 파도에 몸을 실은 배는
노랫가락에 맞추어 소리꾼이 된다

해질녘 황금빛 노을이 쏟아지면
고추잠자리는 꼬리에 빨간 물을 묻히고
부룸부룸 윤기 넘치는 날갯짓을 한다

가을이 오는 소리는 깃털보다 가볍다
열이틀을 살다가는 고추잠자리가
대추알처럼 영글어 비행을 한다

등대를 뒤로하고 밤하늘의 별을 본다
시골길 양옆에 피었던 코스모스보다
진한 색채를 띤 별들이 가슴에 맺힌다

종이비행기

여행을 위해 종이비행기를 접는다
더 멀리 날아가고픈 마음을 담아
머리와 꼬리에 리본을 달아둔다

날개에 구겨진 상처를 지워본다
억센 미움이 덧칠해진 탓일까!
자국만 깊이 파여 아픔을 느낀다

구름 타고 날아가던 종이비행기는
맴돌며 서성대던 주위를 벗어나
어린 시절 기억 속까지 날아간다

지나온 길로 종이비행기를 띄운다
얼마나 멀리까지 날아갈까!
추억이 쌓여진 만큼 멀리 날아간다

자취방

벌어진 꽃술 사이로
떠오르는 얼굴,
까맣게 잊어진 듯
그리움만 남는다

세든 다락방에
모여 앉아
수다 떨며 웃다
야단맞은 기억들은
이제 잊히지 않는
웃음거리가 된다

만났던 사람들의
이름과 얼굴이
겹쳐지지 않는 사이
아침 밥 끓는 냄새가
코앞을 스치면
만나 수다 떨던 이들이
멀리서 오는 듯하다

운동회 낚시

운동회를 하던 중
예상에 없던
번외경기가
한바탕 벌어졌다

젊은 엄마대신
손자 따라온
할머니,
할아버지를 위해
열린 낚시대회,

낚시 바늘에
걸리는 선물에
할머니,
할아버지들은
즐거움이 커진다

알맹이

흐르는 물을 보니
앉아있는 이유조차
망각하게 된다

살아 숨을 쉬는 일이
번거로운 일임에도
탓하지 않고 순응하니
새로움을 탄생시킨다

지금껏 살아온 날들을
열매로 거둔다면
빼곡히 찬 알맹이는
얼마나 될까?

가을 거리에서

나뭇잎 부딪는 소리가 커진다
계절을 바꾸어버리는 바람을
가을비도 막기가 힘든가 보다

살아가는 모습을 마디마디 남기려
발버둥 치던 행인들의 몸부림처럼
은행 알이 길 위로 툭–떨어진다

어둠이 오면 세상은 변화를 한다
지나온 과거의 상처를 삭히려고
마음을 비웠다고 말을 해야
자괴감에서 벗어나나 보다

조용한 가을밤 속으로 걸어간다
마음을 옥죄는 혼돈과 욕망을 벗고
낙엽을 적시는 빗소리를 들으며
보고 싶어지는 사람에게 다가간다

찔레꽃 향기

누구 얼굴 닮았나?
생각하는 사이에
찔레꽃이 먼저 보고
웃으며 향기를 전한다

엉긴 돌무덤 속에서
모두를 품어 안고
반가운 듯 다가와
환한 얼굴로 맞는다

노란 꽃술이 뿜어낸
들녘을 채우는 향기가
찔레꽃 사연을 담아서
그리운 마음을 적신다

기억한다는 것

꽃이 진다 아름다운 꽃이 떨어진다
십리 밖에까지 향기를 전했던 꽃송이
노란 꽃, 붉은 꽃 모두가 지고 있다

서럽고 한스럽게 이별하는 사람들은
흰 꽃, 노란 꽃을 들고 작별을 한다
희미한 약속을 꺼내듯 멀어져간다

만남의 쪽지를 달아둔 나무가 흔들린다
잡은 손을 놓으면 기억에서 멀어질까봐
애태우는 마음은 떨리는 소리로 변한다

땀방울이 맺히도록 함께 한 시간들
가슴 저미도록 그리움을 간직한 채
밤을 지새우며 떠나갈 줄 모른다

밤이 없어도 어둠은 창문을 두드린다
소리 없어도 새는 눈으로 마음을 전한다
추억이 있어 당신은 내 곁에 머문다

브랜드 세상

대중교통비가 비싸다고
실컷 입씨름을 하다가
회식 후 대리운전을 부른다

매월 생활비가 적다고
언성을 높이다가
직수입한 옷만 골라 입는다

속옷보다 짧은 반바지에
볼기 살이 나온 아줌마가
브랜드카페에서 나와
좌판대 할머니를 바라보며
떨이 콩나물 값을 더 깎는다

4부 사랑하는 이유

행진 속으로

가느다란 눈빛에
못 다한 약속들이
넘실대며 밀려들어와
파도처럼 일렁인다

당신의 기대감은
곁에서 머물다가
긴 산을 넘어가는
구름,
그 사이에서
언제나 그리움이 된다

순결한 마음속에 맺혀지는
언약들이 시선을 세우는
눈빛으로 변하여
넓디넓은 호수를 건너듯
내일을 기약하는
행진 속으로 묻혀간다

사랑은
당신의 웃음처럼
언제나 기다림 속에서
하나로 피어난다

행복한 사람

내가 찾는 사람이
먼 하늘에서 날아온다
만남이 좋아서,

갈래 길을 지나다가
그리운 사람과 마주친다
기다림이 너무 커서,

마주보는 눈빛 속으로
함께 할 사람이 다가온다
꽃처럼 향기 품고서,

내가 사모했던 사람이
아침 이슬처럼 나타난다
설레는 마음에 담겨서,

철길

연처럼 떠가는
기다림 속에
하루가 깊어간다

보고 싶어 부풀어진
풍선 같은 마음은
바람 부는 대로
고갯짓이 되어
행복을 낚는다

한 구석 마음속에
남아있는 미련은
발가벗은 채로
앉아있다

우리가 만났던
철길 옆 주막집은
형체만 남긴 채
달라진 과거와
마주앉아 견주어진다

진실한 벗

작은 눈망울로 다가온 당신은
가을꽃보다 더 아름답게
가슴에 묻혀 향기가 되었다

하나란 의미보다
둘이란 의미가 더 가슴에 닿아서
우리는 하나가 되었다

내가 당신을 그리워할 때
당신은 나의 곁에서
가장 진실한 벗이 되었다

체온에 녹아 손에 남은
대화와 속삭임의 나락들은
새로운 화분의 흙으로 남는다

밤하늘에 흐르는 이슬처럼
작은 마음에 피어나는 꽃이 되어
당신을 사랑하는 사람으로
새로운 촛불에 불을 붙인다

재롱잔치 아기별

새근새근 솜털처럼 부드러운
배냇짓 아기 미소가
방안 가득한 풍경이 될 때
엄마는 웃음 속으로 녹아든다

그루터기에 돋아난 새싹처럼
여린 발짓은 희망과 꿈이 되어
천장에 뜬 나비 비행기를 탄다

동건이 별 위에 엄마 별
엄마 별 곁에 아버지 별이
초롱초롱 빛을 내면
조물조물한 손짓은 대화가 된다

정자나무 가지에서 들려오는
첫 무자 여름 매미소리는
행복을 기도하는 엄마 곁에서
잠자리 몸짓으로 재롱잔치를 한다

앵두

유월 앞마당 한편 엷은 잎 속에
익어가는 앵두를 바라보면
세월이 쉼 없이 녹아듭니다

세월은 어제도, 오늘도
같은 무게를 지니고 있는데
왜 빠르게 간다고 할까요?

처녀입술은 화장 없이도
앵두 알처럼 생기를 뿜으며
핑크빛 색깔로 반짝입니다

송글송글한 앵두를 바라보면
가슴이 떨려오는 느낌은
만나고픈 임을 기다려서인가요?

종이학

하늘과 맞닿은 겨울 깊은 계곡에
별을 그리는 마음으로 다가서면
당신은 종이학이 되어 날아옵니다

작은 파문에도 흔들리던 만남은
잔설이 남은 밤나무가지를 헤집고
봄에 피울 꽃눈을 매만집니다

백 년 동안 무지개를 타고 흐르듯
어둠의 길을 밝혀주는 새벽별처럼
둘은 하나로 뭉쳐서 물방울이 됩니다

사랑 하는 동안 믿음은 샘이 되고
사랑 받는 동안 믿음은 열매가 되어
별을 부르는 마음으로 다가갑니다

마주 잡은 손에 온기가 흐르면
종이학은 사랑하는 사람 곁으로
어린 날개 짓을 하며 날아갑니다

당신의 꽃

그리움이 하나 되는 날
촛불에 녹아드는 당신의 향기는
긴 여정의 등대처럼 빛이 되어
함께 걸어가는 길을 밝힌다

들꽃보다 아름다운 당신의 미소는
포근한 솜이불처럼 가슴에 쌓인 채
투명한 밤하늘의 은하수가 되어
흰 드레스와 어울려 행진을 한다

난 언제나 사랑하는 당신 곁에서
호수 위를 날아가는 기러기처럼
가슴 설레며 그리워하는 마음으로
영원히 남을 사랑의 언약을 한다

일상으로 돌아가는 사람들 속에서
삭풍과 훈풍을 오가는 나룻배처럼
잔잔한 파도와 아우러지는 미소는
보고 싶어지는 당신의 얼굴이 된다

한 송이 꽃으로 서있는 의미보다
마주보는 꽃이 더 가슴에 와 닿아서
오래도록 지지 않는 꽃이 되고파
당신 곁에서 기다림의 꽃씨가 된다

사랑의 별

기다림에 젖은 그림자 하나가
밤하늘을 밝히는 별을 바라보며
당신을 향하여 미소 짓는다

만남의 세월만큼 넓어진 가슴은
노란 꿈 되어 사랑의 껍질을 벗고
잠 못 이루는 밤에 나를 부른다

추위를 견디어내는 어린 새싹들은
봄을 기다리듯 가슴에 내려앉아
당신을 따라다니는 그림자가 된다

추억이 담긴 해가 지는 언덕에서
나는 새로운 모습으로 걸어 나와
당신의 별을 지키는 천사가 된다

새하얀 꿈이 드리우는 창가에 서서
그대 사랑하는 마음을 담아두고파
반지에 새겨 가슴에 깊이 넣어둔다

행복한 웃음

사랑하는 사람과
대화를 하면
돋아나는 새싹처럼
행복은 작은
눈웃음 속에 맺힌다

하늘을 바라보며
기대한 만큼
사랑은 모여서
내 곁으로 다가와
달덩이보다 빛나는
꿈을 전한다

기대감은 웃음이 되어
얼굴에 스미고
사랑은 믿음과 함께
마음 깊이 채워져
영롱한 풀벌레
소리에 젖어든다

매화처럼

가슴에 맺히는
반가운 그림자가
따사롭게 걸어온다

언젠가 만났듯이
정든 미소를 머금고
품에 안기어 웃는다

밤마다 부르던 노래는
엄마의 자장가처럼
추억으로 쌓여간다

별빛 품은 이슬방울이
봄에 피는 매화처럼
차분히 내려앉는다

아기와 미소

단풍잎 닮은 고추잠자리가
맑은 숲 호숫가에 내려앉아
깊어가는 가을을 들여다본다

엄마 품에 안기어 새근대는
연 홍시 닮은 아기 볼 비비면
포근한 미소로 재롱을 부린다

넘어질 듯 내딛은 첫걸음은
사랑니만큼 커진 기대감으로
가을 낙엽처럼 아름다워진다

옹알이는 은빛 자장가 속에서
조곤조곤 쓰다듬는 손길은
빛 고운 담쟁이 잎에 녹아든다

사랑하는 이유

사랑하는 사람이 보고파지면
압구정 밤하늘의 별이 되어
마음 닿는 길을 거닐어본다

우연한 만남은 꿈으로 남아
작은 음악회의 여운이 되어
연인처럼 곁에서 속살거린다

수채화에 담긴 한 송이 꽃만이
상실한 기억을 흔들어 깨우며
어스름한 밤풍경에 스며든다

당신의 향가가 남아있는
찬바람이 부는 거리에서
사랑하는 이유를 물어본다

당신 생각에

당신이 그리워
곁으로 다가서면
마음은 항상
먼 들판에 내리는
눈처럼 포근했다

아침 햇살에 반사되는
눈빛과 마주칠 때
마음은 새롭게
솟아나는 먼 산의
손짓으로 다가왔다

지친 기색으로
다가설 때에도
가슴에 쌓여진
정만큼 기대어 선다

눈을 감아도
곁에 있는 것처럼
다정한 모습으로
남아 미소 짓는다

꽃향기

멀리 있어 그리운 얼굴
밤을 지새우다 불러보면
낯선 표정은 지워지고
애틋한 속마음만 남긴다

홀로 기다리다 잠든 사이
새벽이 다가와 위로하면
이슬방울을 털어내며
떠오르는 햇살 속에 품긴다

갓 나온 꽃향기에 취해
날아가는 나비 한 쌍이
당신과 나의 모습인양
촉촉한 눈꺼풀에 맺힌다

행복이란 말에 별을 담아
처음 만난 장소에 놓으면
둘이 채워가는 그림이 되어
기대감이 커지도록 토닥인다

흔적

종이배를 타고
바다를 건너가듯
꿈은 내 곁에 머문다

아침에 환한 미소로
마주하는 날엔
더 보고 싶어진다

날갯짓이 여린 새가
하늘을 나는 것은
사랑받기 때문이다

은은한 대화로
하루를 여는 것은
행복한 흔적이 된다

혜안의 미소

새로운 아침을 기다리는
세상을 관조하는 학처럼
외다리로 선채 깃을 접는다

눈사람의 얼굴표정마냥
가슴에 묻어둔 사람들과
가까운 양 만나 대화를 한다

세월을 낚는 고즈넉한 미소가
벗나무 가지마다 스며들어
첫사랑 닮은 싹을 틔운다

부대끼며 만나온 사람 같이
가만가만 꾸밈없는 말투로
진실을 읽는 혜안을 나눠준다

향수

무심한 냇물처럼 흐르던
평범한 일상의 모습들이
공허한 듯 가슴을 엔다

먼 여행에서 잠시 돌아와
스쳐간 옛이야기를 꺼내며
아련한 듯 추억을 들춘다

술 취해 부르는 노랫말처럼
애잔한 향수는 색색 빛깔로
과거를 낚아서 꿈을 만든다

내심

하늘을 보았다
기다리는 마음으로

닫힌 마음을 열었다
기쁜 생각으로

먼 거리에서 불렀다
반가운 목소리로

자꾸만 돌아본다
보고 싶어서

털털한 웃음

반어적 물음에
대답하는 만큼
갈 길을 알려주는 당신은
잔잔한 듯 새롭게 다가온다

아름다운 마음에는
고은 추억을 넣어주고
슬픈 마음에는
잊혀질 추억만 넣어준다

툭 던지는 강릉어투로
갑갑한 세상을 닦아내며
털털하게 웃는 당신은
마음마저 깊어 보인다

잃어버린 기억

밤하늘을 수놓는
수많은 별 중에
눈에 어른거리는
별 하나가
잃어버린 과거를 던져준다

오래도록 잊히지 않는
그 많은 사람들 중에
어릴 적 단짝 하나가
바람에 흔들리는 꽃처럼
나지막이 이름을 부른다

고운 눈빛과
귀여운 목소리로
마음의 벽을 허물어댄다

우물

좋은 감정은 언제나
깊은 우물 속에서
갈 길 따라 솟아난다

달라하면
발원지와 같이
한없이 솟아나고,

놓아두면
폐쇄된 우물처럼
메말라 쪼그라들고,

돌이켜보면
사람은 걸어온 대로
우물에 모습이 비춰진다

희망

거센 파도와 맞서며
바다 위를 선회하는
갈매기는 외로워집니다

무서운 폭풍우 속에서
밤을 지새워도 원망 없이
아침에 해를 맞이합니다

아침에 만난 고깃배만이
갈매기의 벗이 되어
성난 파도를 헤쳐 줍니다

홀로 남아 가슴 졸여도
가는 길에 동행 있다면
설레는 꿈꾸며 다가갑니다

웃음꽃

반짝이는 눈망울과
금쪽같은 아가얼굴에
엄마 웃음꽃이 핀다

살긋살긋 웃는
아가미소 속으로
평화가 찾아든다

넘어질 듯 걷는
아가걸음마 합창에
행복이 밀려온다

꽃순

눈가에 맺힌 잔잔한 미소는
따사로운 봄 햇살에 실려와
설레는 마음속으로 스며든다

손잡고 걸어서 추억이 쌓인
두 갈레 길 가로수 사이로
당신은 꽃 순처럼 피어난다

가슴을 뛰게 하는 그리움은
변하지 않는 진실에 담겨서
무지갯빛 향기에 채워진다

밤하늘

밤하늘에는
꿈을 주는 파란별이
얼굴을 비춘다

보고 싶은 사람들과
마음을 나누며
파란별을 바라본다

곁에 머무는
정겨운 사람들과
파란별이 질 때까지
손을 잡고 걷는다

산요수

꿈은 하늘에서 내려와
포근한 산요수 잔디에서
빛과 그림자로 만난다

근엄한 듯 웃어 보이며
숨겨진 마음 한편까지
바라보는 시선은 매섭다

날 저물어 외롭게 우는
저녁 새를 안아 보듬는
혜안은 정겨움을 더한다

흐르되 빠르지 않고
지나가되 닿을 듯하여
공에 머무는 눈길에 반한다

마음의 별

밤에 마음을 비추는 별이
눈에 익은 소리로 부르면
꽃 찾는 나비처럼 날아간다

별빛에 비치는 강한 눈동자
언제 보아도 큰 꽃송이처럼
가까운 사람들과 호흡을 한다

어린 시절을 품어 안은 고향이
들추어내는 사연들이 정겨운 듯
춤추듯 내 마음을 감싸 달랜다

사랑하는 사람

사랑하는 사람들이
고향 들녘에 핀 꽃처럼
낯익은 얼굴로 맞는다

만날 시간이 가까워지면
두근거리는 가슴에
내려앉는 설렘은
느낌만으로도 행복해진다

그리움 속에 녹아 흐르는
삶이 빚어낸 이야기들은
밤하늘에 별을 닮아
희망을 주는 등불이 된다

사랑하는 사람들과
멀리 헤어질 때에는
어떻게 말문을 열어야 하나
자문하다 애절함에 묻힌다

웃음꽃

사랑하는 마음을
가슴에 넣어두면
얼굴 위로 환한
웃음꽃이 피어난다

길 잃은 사람들이
해거름에 찾아와
쏟아내는 푸념을
대꾸 없이 들어주면
친구처럼 가까워진다

바쁜 하루 중에도
누구와 함께 가고 있나
곰곰이 되새기다 보면
동행하는 뜻을 알게 된다

네 얼굴의 미소

넷이 얼굴을 맞대고 웃으면
시간은 동심이 되어 멎는다
훗날 추억이 되어 오듯이

닮아가는 사람들과 모여앉아
오소도손 손과 손을 맞잡으면
기대감이 커지며 새로워진다

함께 어깨를 맞대어 보듬고
떠다니는 비행선을 바라보며
새싹처럼 돋아나는 정을 담는다

누구일까

눈을 감고 누가 떠오르나
막연히 모습을 그려본다
누구일까?

외로운 마음을 누가 먼저
위로해주나 기다려본다
누구일까?

혼자 마음을 끓여가며
기다리던 사람을 찾아본다
누구일까?

사랑한다면

사랑한다면 불러보세요
즐거운 날 부르는 노래처럼
기다리는 마음에 녹아드네요

사랑한다면 다가가보세요
은은한 아카시아 꽃향기처럼
아픔을 잊고 받아주네요

사랑한다면 안아보세요
솜사탕 녹아내리는 감촉처럼
달콤한 느낌으로 맞아주네요

달력

1일이네...
달력 한 장을 쭉 찢어낸다
남아있는 달력이 얇아진다

처음 열두 장이었을 땐
이런저런 꿈을 적어 넣고
소망이 성취되기를 기대했다

달력이 찢겨나가는 만큼
기대감이 줄어들어
마음이 무척 무거워진다

아침

아침에 일어나면
예의를 차리듯이
그런 만남으로
살았으면 좋겠다

가끔 마음이
상해있을 때
얼굴을 마주하고
차를 마시다보면
가슴이 따뜻해진다

슬픈 일 기쁜 일
나누어가다 보면
추억이 정에 담겨
나무처럼 커간다

기다림

처음 만난 사람의
생각을 헤아리다가
꽃이 핀 들길을 걷는다

내 마음의 빛깔로
짙어가는 들길을 바라보면
향기 머금은 꽃과 마주친다

보고 싶은 사람은
오래도록 가슴에 남아
꽃처럼 모두를 품어준다

둥구나무

고향이 그리워 생각에 잠기면
물끄러미 쳐다보던 바둑이가
가슴에 진한 공허함을 남긴다

긴 번민에서 잠시 벗어나
가슴에 맺힌 못다 푼 한을
젊은 날의 희망으로 달랜다

동심이 깃든 둥구나무에
낯익은 노래가 울려 퍼지면
철없는 아이처럼 춤을 춘다

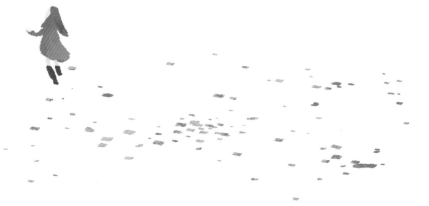

계곡에서

산을 오르면 마음이 깊어진다
처음 만난 사람들과 대화하듯
순간마다 가슴이 벅차오른다

진실한 마음은 나뭇잎에 물든다
삶에 지친 모습에서 벗어나도록
돌아갈 길을 찾아내어 알려준다

계곡엔 하얀 물방울이 부서진다
못 다한 이야기를 묻어두고서
외로우면 찾아와 물소리를 듣는다

꽃향기

아기 얼굴 닮은
갓 피어난 꽃송이가
이른 아침에
메마른 마음을 적셔준다

그윽한 향기 머금고
다가와 매만져주는
따뜻한 손길에
눈시울이 뜨거워진다

옛 친구와 대화하듯
꽃향기를 맡으며
그리워지는 마음을
편지에 넣어 보낸다

커피향

어느새 다가온 가을이
나뭇잎에 색을 입히면
못내 아쉬운 생각들로
커피향 속이 채워진다

내 꿈은 무엇인가!
의문이 일어나면
가을은 품안으로 들어와
커피향의 명상을 듣는다

낙엽이 거리를 메우면
당신을 향한 그리움을
사랑한 만큼 거두어
커피향 속마음에 섞는다

가을 여행

가을을 담아내어 만져보니
단풍잎 하나가 손에 잡혀
이슬을 머금고 웃는다

높은 하늘을 바라본다
무슨 색이 더 투명한가!
마음의 색도 그러할까?

가는 세월의 의미를
홀로 되 뇌이다가
떨어지는 낙엽에 묻는다

행복한 마음

내 마음에 거울을 달면
당신 모습이 어떻게 비칠까?
보고 싶어진다

환하게 미소 짓는
당신 얼굴을 바라보며
꿈을 꾸듯 행복에 젖는다

행복한 만큼 다가가서
꾸밈없이 대화를 하다보면
가슴 가득히 사랑이 쌓인다

당신의 마음

내가 사랑한 만큼
믿음이 되어 내려와
당신의 마음을 헤아린다

밤하늘을 맴돌던
헤아림의 별 하나가
당신의 품속에 안긴다

믿음으로 맺어진
밀알 같은 인연들이
그리움으로 남아 웃는다

바닷가에서

쪽빛 바다색 같은
마음의 빛을 모아
당신 곁에 머물다
행복한 미소를 띤다

파도가 출렁이듯
당신이 그리워지면
서성대던 수평선에
가는 세월을 묻고
보고 품을 달랜다

눈앞에 있는 듯한
당신의 환한 웃음은
추억에 담겨서
따스함으로 남는다

꿈이 있어

바쁜 듯 살아갑니다
꾸밈없이 살아가니
더 없이 행복하지요

얻으려 하기보다
나누는 느낌 때문에
늘 풍요로워 보입니다

어두운 밤에
빛을 내는 촛불처럼
희망을 전해줍니다

눈빛

봄사탕 머금어
선한 눈빛 때문에
잔상이 오래 남는다

이른 봄 잔설 아래서
새싹을 틔우는
다래 순 닮은 눈빛,

온정에 감싸인
소녀 같은 얼굴에
속마음이 적셔진
봄 향기가 흩날린다

들꽃

차가움을 녹여내는
웃음 가득한 얼굴에
정제된 생각을 담는다

애써 나서지 않는
들꽃의 여유만큼이나
기다려주는 마음이
온화하게 비추어진다

산을 오르다 힘에 겨워
호흡소리가 가빠지면
들꽃 향기를 내어준다

봄의 풍경

무게를 던 봄바람이
뒷마당 담장 아래서
개나리꽃 색을 입고
오는 손님을 반긴다

헛간 한 구석에
겨우내 걸어놓은
녹슨 호미를 꺼내어
움트는 새순을 심는다

아지랑이 장단에 맞춰
몽글몽글 피어오르는
꽃술마다 향기를 채운다

비상(飛翔)

살며 얻어낸 경험을
가슴으로 품어서
촘촘히 얽혀진 매듭까지
지혜롭게 풀어나간다

성숙한 비상을 위해
백조의 자태로 활강하는
수려함을 깨우쳐준다

더 높이 박차 오르게
마음 조리며 바라보다
이소하는 날갯짓 마다
손에 쥔 열정을 채워준다

초승달

가을 초승달이
당신의 마음을 닮은 듯
하늘에 걸쳐있네요!

전 날 만난 이웃처럼
영원히 가슴에 남겨질
찬란한 추억을 쌓아가네요!

인연 닿은 사람들과
보름달이 될 때까지
눈높이를 맞추고 바라보네요!

꽃송이

연잎에 물방울 한 점이 떨어진다
떨어지다가 다시 튀어 오른다
번지점프 놀이하듯 오르내린다

약속한 사실을 잊고 살아서인지
만개했던 꽃이 지고 나면
오래 기억되는 이유를 알게 된다

화병에 담겨진 꽃송이마다
처음에 뭐라 약속하며 꺾었을까?
답하기 어려워 향기만 맡는다

남보다 하나만 더

남보다 한발 먼저
남보다 하나만 더
더 갖으려고 애쓰며 산다

남보다 늦게까지
남보다 철저하게
집념을 불태우며 산다

성공을 한다 해도
마음이 담기지 않으면
분수가 쏘아 올린 공처럼
허공만 맴돌다 떨어진다

평정심

서둘러 산을 오르면
갈수록 높아만 져
후회하며 걷는다

천천히 산을 오르면
벌써 왔나 싶어
즐거워서 걷는다

현관을 나설 때이면
다급한 마음을 삭히려고
신발 끈을 꽉 동여맨다

눈웃음

가로수 안길을 적시는
살구나무 꽃향기가
당신인 듯 싶어 부른다

닫친 창을 열고
걸어들어 올 것만 같아
잰걸음에 시선을 묶는다

양미간을 타고 흐르는
함박꽃 닮은 눈웃음을
당신의 빈자리에 담는다

새로운 기대감

가난할 때 비는 소망,
불행할 때 품는 희망,
아픔으로 잉태되는
이유는 무엇일까?

여유가 모자라
할 일을 못하면
상실감이 더 커진다

하루 일과가 끝나면
어떤 행복이 오나싶어
마음 내키는 대로
한적한 길을 걷는다

추억이 있어 당신 곁에 머물고

펴낸날 초판 1쇄 발행일 2015년 9월 9일

지은이 김용화
펴낸이 최길주

일러스트 영수
디자인 대일테크

펴낸곳 도서출판 BG북갤러리
출판등록 2003년 11월 5일(제2003-000130호)
주소 서울시 영등포구 국회대로 72길 6 아크로폴리스 405호
전화 02)761-7005(代) | **팩스** 02)761-7995
홈페이지 http://www.bookgallery.co.kr
E-mail cgjpower@hanmail.net

ⓒ 김용화, 2015

ISBN 978-89-6495-085-2   03810

이 도서의 국립중앙도서관 출판시도서목록(CIP)은 e-CIP홈페이지(http://www.nl.go.kr/ecip)
와 국가자료공동목록시스템(http://www.nl.go.kr/kolisnet)에서 이용하실 수 있습니다.
(CIP제어번호 : CIP2015022830)